Coordinación editorial: M.ª Carmen Díaz-Villarejo
Diseño de colección: Gerardo Domínguez
Maquetación: Gráficas Auropal, S.L.

© Del texto: Luisa Villar Liébana, 2009
© De las ilustraciones: Emilio Urberuaga, 2009
© Macmillan Iberia, S.A., 2009
    C/ Príncipe de Vergara, 36 - 6.º dcha. 28001 Madrid (ESPAÑA)
    Teléfono: (+34) 91 524 94 20

www.macmillan-lij.es

ISBN: 978-84-7942-392-6
Impreso en España / Printed in Spain
Depósito legal: NA-79-2009

GRUPO MACMILLAN: www.grupomacmillan.com

ESTE LIBRO PERTENECE A:

Luisa Villar Liébana

EL MISTERIO DEL DRAGÓN DE OJOS DE FUEGO

Ilustración de Emilio Urberuaga

Cloti, la gallina detective

y el conejo Matías Plun

MACMILLAN
Infantil y Juvenil

Misterio en el bosque

Villa Cornelia estaba situada en un bonito valle, contaba con un lago, y mucha gente visitaba sus bosques los fines de semana. Especialmente en verano, cuando el lago se llenaba de bañistas y se practicaban actividades de montaña.

Cada año aumentaba el número de visitantes, y aquel se esperaba batir el récord. Eso creían todos, hasta que empezaron a ocurrir cosas extrañas.

Los excursionistas comenzaron a regresar antes de lo previsto, alborotados y asustados, contando que habían visto un monstruo. Y algunos aseguraban que se trataba de un dragón.

El desconcierto y el caos crecían por momentos.

El número de visitantes decaía semana tras semana, las tiendas y supermercados vendían menos, y los hoteles no se llenaban. La economía de la villa estaba al borde de la quiebra.

Y eso no era lo peor.

Lo peor del caso era que el pánico se estaba apoderando de Villa Cornelia. Todos estaban tan asustados que, a pesar del calor del verano, de noche cerraban las ventanas de sus casas por miedo al dragón.

Si las cosas seguían así, la villa y sus alrededores quedarían grabados en la memoria de todos como un lugar maldito al que nadie se acercaría.

El alcalde estaba tan preocupado que decidió ir a ver a Cloti personalmente.

Cloti era una gallina muy especial, la gallina más trepidante del planeta.

Parecía despistada. Pero, en realidad, era muy observadora. Su mente lo analizaba todo. Y con su aguda inteligencia era capaz de resolver los enigmas y misterios más escalofriantes.

Quizás ella y su ayudante Matías Plun serían capaces de resolver el misterio del dragón.

El alcalde era un conejo muy mayor, alcalde de la villa desde hacía más de veinte años. Eso, sí, votado democráticamente por los electores.

Como era ecologista, vestía un traje verde y un sombrero de copa verde. Y siempre llevaba puesta la banda de honor del mejor cuidador de los bosques.

Su salud era delicada, y nunca salía del despacho para resolver ningún asunto. Por eso a Cloti le extrañó verlo en su casa aquella bonita mañana de domingo. Algo grave debía de estar ocurriendo.

—¿Qué le preocupa, Señor Alcalde? —le preguntó tras indicarle que se podía sentar en una silla frente al columpio.

Cuando tenía algo importante entre manos, Cloti se balanceaba ligeramente en el columpio del jardín, y eso la ayudaba a concentrarse. Era allí donde recibía a los clientes.

Y como la salud del alcalde era delicada y se resfriaba cada vez que salía del ayuntamiento, al empezar a hablar comenzó a toser:

—Querida Cloti… Coj, coj…

—Tranquilícese –le pidió ella.

—Estoy tranquilo. ¡Bermúdez, rápido, mi jarabe!

Bermúdez, uno de los guardaespaldas que lo acompañaban y que era un tipo fortachón, le dio una cucharada de jarabe, y la tos desapareció de inmediato.

—Ahora, dígame –dijo Cloti–. ¿Qué ocurre? ¿Por qué ha venido a verme?

—¿Has oído hablar del dragón Ojos de Fuego?

—¿El dragón? Oh, pues... Todo el mundo ha oído hablar del dragón.

—¿Qué opinas?

¿Qué opinaba Cloti? Al principio, que alguien le había gastado una broma a algún excursionista. Pero las cosas habían ido demasiado lejos y todos estaban asustados. No sabía qué pensar.

—Exacto. Las cosas han ido demasiado lejos –dijo el alcalde–. Investiga el asunto. Quiero saber qué ocurre en los bosques y si el dragón existe. ¡Ay! ¡Qué dolor de reuma me acaba de dar! ¡Bermúdez, rápido, al ayuntamiento! Necesito que una enfermera me dé una friega. ¡Qué lechuga de reuma!

Entregó una carpeta a la detective, y dijo:

—Estas son las declaraciones de los excursionistas que aseguran haber visto al dragón. He pensado que te gustaría echarles un vistazo.

Se montó en el coche oficial y desapareció rumbo al ayuntamiento, donde una enfermera le daría una friega, no sin antes exclamar:

—¡Atrapa al dragón, Cloti! ¿Me has oído? ¡Atrapa al dragón! Vete al bosque. Mañana mismo quiero una primera impresión.

Atrapar al dragón no era lo mismo que atrapar a un ladrón, pensó Cloti. En fin. Se tomaría el asunto muy en serio. Con esa idea llamó a su ayudante, que se presentó en un periquete con mucho interés. Últimamente todo el mundo hablaba de dragones.

Matías era un conejo ayudante de detective muy preparado. Había estudiado ocho años en la universidad, le gustaba la ópera, y siempre vestía de manera elegante con esmoquin y pajarita; y, además, estaba enamorado de Cloti.

La admiraba y la amaba. ¡Oh, sí! ¡Cómo la amaba! Aunque ella no le hacía el menor caso.

Cloti le expuso la situación: el alcalde los había contratado para investigar el misterioso asunto del dragón. Se instalarían en el bosque, dormirían en tiendas de campaña, y no regresarían a Villa Cornelia hasta haberlo aclarado.

—¡Así se habla! —exclamó Matías—. Es que tienes un pico… Estoy enamorado, mi corazón palpita como una patata frita.

Cloti siguió con lo suyo:

—Bien. Nos vamos al bosque. El alcalde quiere una primera opinión mañana mismo.

Se subieron en el Smart verde, el pequeño coche que utilizaban para el trabajo, y pusieron rumbo a los bosques de Villa Cornelia.

Una primera ojeada

La primera ojeada fue para el lago, donde la mayoría de los excursionistas habían visto al dragón. En las declaraciones que el alcalde les había entregado en la carpeta, de los diecisiete excursionistas asustados, nueve aseguraban haberlo visto en el lago, y el resto en puntos dispersos hacia el noroeste.

Cloti puso un asterisco en el mapa en cada punto, los unió con una línea, y apareció dibujada la forma de un triángulo: el Triángulo de los Asustados.

Uno de ellos había declarado que, al apartar la rama de un árbol en cierta zona boscosa, casi se topa con la cabeza del dragón, que lo miró amenazador con dos ojos rojos como el fuego. Aterrorizado, corrió sin parar hasta Villa Cornelia, donde entró en el hospital por su propio pie, y donde todavía se encontraba ingresado con una fuerte impresión.

Dejaron el coche no lejos del embarcadero, y Cloti comentó:

—El alcalde tiene razón. Esto está casi vacío.

El paraje estaba solitario. En el lago solo navegaba una barca, y el encargado, un mastín de edad avanzada, parecía aburrido.

—Buenos días –saludaron–. ¡Qué tranquilo está esto!

—Demasiado.

—Es por el dragón, ¿verdad? –se atrevió a insinuar Cloti.

—¡Patrañas! ¡Solo patrañas! –exclamó el mastín con enfado–. Aquí no hay dragones. La gente es capaz de inventarse cualquier cosa.

Tomando el sol apenas había nadie.

Aquel era un domingo de verano. En circunstancias normales, las aguas estarían llenas de bañistas y un montón de peques jugarían en la orilla del lago. Sin embargo, solo encontraron a un par de viejas gallinas tumbadas en una hamaca.

Se acercaron a ellas:

—Hola. Parece que esto está tranquilo.

No mencionaron al dragón. No querían asustarlas y que salieran corriendo los pocos bañistas que quedaban.

—Muy tranquilo –respondió una de las gallinas.

"Demasiado", ronroneó Cloti. Y no pudo evitar pensar que, si el dragón salía del lago en aquel momento y lanzaba una llamarada, el bañador de aquellas dos señoras quedaría bastante chamuscado.

—¿No han visto nada extraño por aquí?

La gallina adormilada abrió un ojo y dijo:

—¿Qué cosa extraña tendríamos que ver?

Los detectives caminaron hacia el interior del Triángulo. Pasaron un primer bosquecillo de pinos maravillosos que hacían correr una agradable brisa y empezaron a subir la ladera de una montaña.

—¿Crees en los dragones? –preguntó Cloti a su ayudante.

—Esto… Pues la verdad… –balbuceó Matías.

Cloti no esperó la respuesta: una vista estupenda le hizo mirar por los prismáticos.

—¡Buau!

La panorámica era sensacional. Árboles, montañas, y el lago, que seguía tranquilo.

Ninguno de los dos llevaba la ropa adecuada para caminar por aquellos parajes. Habían salido apresuradamente, vestidos como de costumbre, y los zapatos de tacón de la detective le estaban destrozando los pies.

—Continúa tú –le pidió a Matías–. Yo descansaré un rato.

Se sentó a la sombra de un árbol, pero Matías silbó y se puso en marcha de nuevo. Eso significaba que había encontrado algo.

—Mira estos árboles –le indicó una vez junto a él.

Había una hilera de árboles quemados. Algunos totalmente, y otros solo las ramas.

—¿Qué opinas? –preguntó ella.

—Opino que el destrozo lo ha ocasionado el fuego –dijo Matías.

—Muy agudo –replicó Cloti–. Pero hay algo más. Observa. Es como si una ráfaga, solo una, los hubiera quemado casi en línea recta.

—¿Quieres decir que una ráfaga de fuego, una llamarada, la llamarada de un dragón, ha podido quemar los árboles? –exclamó Matías.

—Es posible. Además, no ha llovido y mira ese charquito.

A Cloti no se le escapaba nada. Matías había visto los árboles antes que ella y no había reparado en la ráfaga ni en el charquito. Por eso estaba tan enamorado, porque Cloti era la mejor.

—Es como si, después de lanzar el fuego, lo hubieran apagado para que no se extendiera por el bosque –continuó esta.

—¿Crees que el dragón quemó los árboles y él mismo apagó el incendio? –preguntó Matías.

—Salvo que lo hayan apagado los bomberos… Es fácil de averiguar, mañana se lo preguntaremos al alcalde –respondió Cloti.

Y quedó pensativa. Algo sucedía en el bosque, los árboles quemados convertían el caso en un asunto muy serio. Sí. Algo sucedía, y no podían descartar al dragón.

Echó una última ojeada por los prismáticos.

—Por ahí se ve movimiento –comentó–. Un deportista está practicando rápel. Es un gallo muy atractivo.

"Vaya, qué te parece. Así que un gallo atractivo…" Matías miró por sus prismáticos, que también llevaba colgados del cuello; y…, en efecto, un alpinista practicaba rápel, bajando por la cara pelada de una pequeña montaña, la del Pico Negro.

A Cloti le había parecido un gallo muy atractivo. ¡Qué fastidio!

No era para tanto, aunque debía reconocer que el tipo era todo musculitos. Que le hubiera gustado tanto a Cloti no le hacía ninguna gracia.

No se acercaron a la montaña para entrevistar al deportista musculitos porque, seguramente, no había visto al dragón. De toparse con él, habría salido corriendo asustado como todos, y no estaría allí practicando rápel tranquilamente.

Regresaron a Villa Cornelia con la intención de preparar todo lo necesario para una larga estancia en el bosque. Algo sucedía y debían investigar a fondo.

En el despacho del alcalde

—¿Con esta pinta nos vamos a presentar en el ayuntamiento? —se preocupó Matías.

Iban vestidos de excursionistas. Pantalones cortos con tirantes, camisa fresca, botas de montaña y sombrero. El sombrero lo llevaba Cloti. Matías llevaba una gorra con la visera hacia atrás, a lo que había añadido la chaqueta de un esmoquin de verano y la pajarita.

Más una mochila cada uno.

Era la manera más cómoda de andar por el bosque, donde se instalarían tras ver al alcalde.

Cuando entraron en su despacho, estaba reunido con representantes de los gremios afectados por el asunto del dragón: el señor

Turbón, presidente del gremio de hosteleros, un cerdo trajeado con corbata y zapatos muy relimpios; Paca, la panadera, una vaca hermosota que llevaba puesto su mandil blanco de panadera; y Pepe, el contable del súper, un oso de los que antes se llamaban hormigueros, que no dejaba de rascarse el cuello porque tenía alergia y le picaba constantemente.

Le pedían al alcalde que tomara medidas. Pero él ya había tomado una: contratar a Cloti, y estaba allí para hacer una valoración.

—Esta es la detective, y este su ayudante –se los presentó a todos–. Habla, te escuchamos –le pidió a ella–. ¿Cuál es tu primera impresión?

Cloti habría preferido charlar en privado con el Señor Alcalde, pero él mandaba. Dijo:

—Mi primera impresión es que algo ocurre en el bosque. ¿Han apagado los bomberos algún fuego este fin de semana?

El alcalde pulsó el interfono y habló con su secretaria.

—Conchita: ¿han intervenido los bomberos en el bosque este fin de semana?

—Negativo —respondió la gallina Conchita.

—Lo suponía —dijo Cloti—. La cuestión es que hemos encontrado árboles quemados.

—¿Un fuego? —el alcalde se asustó—. Me dejas flipando, flipando. ¡Lo que nos faltaba! Un incendio.

—¿Ha sido el dragón? —preguntó el señor Turbón.

—No podemos descartarlo —opinó Cloti—. Lo curioso es que hay señales de que el fuego fue apagado. Y, si los bomberos no lo apagaron, me pregunto quién lo hizo.

—Interesante observación —intervino el contable sin dejar de rascarse el cuello, que ya tenía más colorado que un rosetón.

—Es cuanto puedo decir por el momento —añadió Cloti—. Mi ayudante y yo nos instalaremos en el bosque, y no regresaremos a Villa Cornelia sin haber aclarado este misterioso asunto.

Los detectives salieron del despacho dejando a los presentes boquiabiertos con las últimas palabras de Cloti, y se subieron al Smart.

—¡Señorita Cloti! ¡Señorita Cloti! –se oyó una voz.

Era Turbón; por lo visto había terminado la reunión con el alcalde. Se acercó al Smart, se inclinó hacia la ventanilla y dijo:

—Señorita, me ha dejado impresionado. Pensé que era usted una de esas gallinas que se pasan el día bebiendo zumo de trigo con el culo pegado a la silla, dándole al pico como una cotorra. Pero veo que tiene una buena cabeza pensante.

—Gracias –se las dio Cloti–. Este señor Turbón, presidente del gremio de hosteleros, es un machista –exclamó mientras Matías encendía el motor del Smart.

Y pusieron rumbo al bosque, de donde no regresarían hasta haber aclarado aquel misterioso asunto.

Aunque antes…

Dragones

—¿Qué sabemos sobre dragones?
–preguntó la detective a su ayudante antes de
dirigirse al bosque.

—No mucho. ¿En qué estás pensando?

"Si tenían que buscar un dragón,
sería bueno conocerlos", en eso pensaba
Cloti. Quizás conocerlos mejor los ayudaría
a encontrarlo. Y sabía cómo obtener esa
información.

—Pasaremos por la Biblioteca Histórica
y hablaremos con Enriqueta, la bibliotecaria
–dijo.

Enriqueta era una vieja gallina experta
en historia antigua. Los dragones estaban
relacionados con la historia antigua; la
bibliotecaria les informaría.

—¿Crees en ellos? –fue la primera pregunta que le hicieron una vez en la biblioteca.

—Oh, sí. Los dragones existieron –respondió Enriqueta–. La fundación de Villa Cornelia está ligada a ellos. Habitaban en los bosques, eran bondadosos y no se dejaban ver. Pero si alguien se topaba con uno, solo podía esperar cosas buenas.

Se acercó a una estantería y extrajo un libro antiguo:

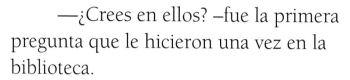

—Este es el primer estudio científico
que existe sobre dragones. Lo escribió
el gallo Truli hace tres siglos.

Se puso las gafas, lo abrió, y mostró a
Cloti y Matías el dibujo que el científico
había trazado del dragón que afirmaba haber
visto.

—Truli llegó a Villa Cornelia procedente
de una región lejana, con la intención
de no marcharse hasta haber encontrado
un dragón.

—¿Lo encontró? –preguntó Matías.

—Sí. Aquí cuenta su experiencia.
Le llevaba miel al bosque, y este permitió
que lo observara para escribir su estudio.
Se dice que se creó tal lazo de amistad entre
ellos, que Truli nunca se marchó y fue
nombrado hijo adoptivo de la villa. Aunque
está escrito en lengua antigua, también está
traducido a lengua moderna y pasado a
ordenador.

Se sentó frente a un ordenador y
empezó a teclear.

—A ver, a ver… Estudio del profesor Truli. Aquí está.

En la pantalla apareció la silueta de un dragón trazada con pequeños puntos, más los datos científicos sobre su anatomía, las medidas, el peso…

—El tamaño es grande –comentó Matías.

Era de color verde y dorado, con dos alas para volar, dos poderosas patas para caminar por tierra firme y una gran cola dentada.

—¿Qué tiene entre los cuernecillos? –se interesó Cloti.

—Una marca –respondió Enriqueta–: la estrella de la bondad. Según Truli, los dragones ayudan a los que le ofrecen su amistad, y establecen con ellos un nexo para toda la vida. No son agresivos, jamás utilizan la violencia. El único peligro es que expulsan fuego, pero solo lo hacen para defenderse.

Si los dragones eran amables, tenían la estrella de la bondad y solo utilizaban el fuego para defenderse, era extraño que de pronto quemaran árboles y aterrorizaran a todo el mundo, pensó Cloti.

Más datos en la pantalla: cuando dormían, recordaban sus vivencias pasadas. Y, al despertar, les gustaba compartirlas con aquellos a quienes consideraban sus amigos.

—Un día –continuó Enriqueta–, Truli se encontró al dragón cerca del lago. Había estado en el agua y tomaba el sol. Recordaba episodios de su vida pasada, siglos atrás, y le contó algo muy interesante sobre la villa.

—¿Qué? –preguntó rápidamente Cloti.

—Que en tiempos remotos se había encontrado con una familia de gallinas en grave dificultad. La madre gallina, viuda, venía caminando desde muy lejos con sus hijos, buscando un lugar donde vivir y poder criarlos. ¡Y estaban tan cansados…! La hijita pequeña había sufrido un accidente y tenía graves heridas. Era imposible caminar, y menos cruzar el lago, ya que ninguno sabía nadar. Además, la pequeña empeoraba por momentos.

—Terrible situación –comentó Matías.

—Por suerte, la viuda y sus polluelos se encontraron con el dragón, que curó las heridas de la pequeña; luego, la montó sobre sus alas, a ella y a toda la familia, cruzó el lago y llegó a este fértil lugar donde los polluelos se criaron sanos y donde con el tiempo se creó nuestra comunidad.

—Por eso aparece un dragón en el escudo de la villa –comentó Cloti.

—En efecto. En el bosque se levantó un monumento, una gran piedra con una poesía esculpida. El monumento se ha perdido, pero el dragón dictó la poesía a Truli. Escuchad:

A ti, bello dragón, que has salvado
la vida de nuestra pequeña hijita.
A ti, gran dragón.
Tuyos son los bosques.
Vuela sobre ellos libre y feliz.
Entre nosotros nadie te hará daño.

Enriqueta miró a Cloti y a Matías por encima de las gafas, y añadió:

—Una comunidad en cuyos bosques vive un dragón puede sentirse afortunada. Son portadores de buena suerte. Y la mejor de las suertes es tener cerca un ser de tal bondad.

—¿Qué pasó con ellos? Desaparecieron, ¿no?

—No se sabe exactamente –dijo
Enriqueta–. Se sabe que las palabras de la
poesía: "… vuela libre… nadie te hará daño…"
no se cumplieron. Hubo cazadores que se
dedicaron a perseguirlos.

—¡Oh, no! –exclamaron Cloti y Matías a un tiempo.

—Algunos –continuó Enriqueta–, llevados por la codicia, el mal de todos los tiempos, se dedicaron a cazarlos para quedarse con la suerte ellos solitos, o para sacar dinero vendiéndolos a otros. Estaba prohibido, pero actuaron contra la ley. Y los dragones desaparecieron.

—De pequeño oí decir –intervino Matías– que los dragones duermen en el fondo del lago o en cuevas profundas, y sueñan con despertar.

—Es posible –opinó Enriqueta–. En otras épocas y regiones, dragones dormidos han despertado, pero no aquí. Nadie sabe qué pasó, excepto que los cazadores se convirtieron en una pesadilla para ellos.

Cloti pensó que había llegado el momento de formularle la gran pregunta:

—¿Cómo son sus llamaradas? ¿Aporta Truli algo sobre esto?

—Por supuesto.

Truli había dibujado la llamarada del dragón de los bosques de Villa Cornelia, el dragón de la estrella, como una línea alargada con un pequeño ensanche en el centro.

—La característica de las llamaradas de un dragón es que el fuego no se extiende, solo quema lo que alcanza la llama.

Una llamarada alargada con un ensanche en el centro…: la forma coincidía con la de los árboles quemados, pensó Cloti. Y el fuego no se extendía. Los fuegos del bosque tampoco se habían extendido. Todo apuntaba a la llamarada, en efecto, de un dragón.

¿Había despertado el dragón de la estrella para aterrorizar a la gente y quemar los árboles? ¿Se vengaba por lo que le habían hecho los cazadores en el pasado?

Pero si los dragones eran buenos, no podían ser vengativos… Cloti estaba hecha un lío.

De una cosa estaba segura: si existía un dragón en los bosques de Villa Cornelia, lo encontrarían.

Un rugido

Al fin en el bosque.

Aquella sería una investigación cómoda, pensaba Matías. Solo tenían que esperar a que apareciera el dragón; lo fotografiaría con su supercámara digital último modelo, y fin de la historia. Aunque, por el momento, lo urgente era acampar.

Lo hicieron en el corazón del Triángulo de los Asustados, un punto estupendo para divisar el lago abajo y las montañas alrededor.

Matías había sido explorador, sabía cómo montar una tienda de campaña. Él dirigía los movimientos:

—Pásame el martillo.

—Si los dragones son bondadosos, ¿por qué aparecen de pronto quemando árboles y asustando a todos? –comentó Cloti pasándole la herramienta.

—No lo sé. Por eso estamos aquí, para averiguarlo. ¿No?

Al cabo de un rato, las tiendas estaban montadas. Una para cada uno, más una tercera tienda-laboratorio, donde guardar los utensilios de la cámara digital, papel de fotografía y la impresora para imprimir las fotos, si encontraban al dragón y Matías lograba captar su imagen con la cámara.

—¿Y ahora, qué? –exclamó este.

—Echemos un vistazo por ahí –sugirió Cloti–. Sería conveniente saber si hay otros rastros de fuego.

Dividieron el Triángulo en dos zonas: cada uno buscó por un lado, y encontraron otros rastros, todos con la forma de una llamarada

en línea recta y un pequeño ensanche
en el centro.

Matías, además, vio por los prismáticos
algo que no le gustó ni un pelo: el deportista
musculitos seguía en la montaña. A Cloti
le había parecido un gallo atractivo;
es decir, que el tipo le gustaba. Claro,
con esos musculitos…

Por lo visto, practicaba rápel todos los
días. Esperaba que Cloti no se percatara de su
presencia.

De regreso al campamento,
intercambiaron la información sobre el fuego.
Entre los dos habían encontrado un total de
ocho rastros.

—Ocho son muchos. No puede ser
casualidad –comentó Matías.

—Exacto –estuvo de acuerdo Cloti–.
Aquí hay un misterio encerrado en un frasco,
y nosotros lo vamos a descubrir.

—¡Toma del frasco, Carrasco!
–exclamó Matías–. Claro que lo vamos a
descubrir.

Se cocinaron una sopa y se dispusieron
a pasar su primera noche en el bosque,
alertas a cualquier sonido, deseosos
de ver fuego, o de oír el rugido del dragón.
Pero nada. El sueño empezaba a cerrarles
los ojos, por lo que decidieron establecer
turnos de vigilancia. El primero se lo
pidió Cloti.

—Si veo u oigo algo, te llamaré
–prometió a su ayudante.

No vio nada, y tampoco Matías en el
segundo turno.

Y amaneció.

—¿Qué ha sido eso? –exclamaron los
dos a un tiempo.

Era como un rugido, un alarido; y venía
de abajo.

—Ha sido un rugido –dijo Matías–.
¿El rugido del dragón?

Miraron por los prismáticos,
pero el lago estaba cubierto por
la densa niebla de la mañana, y nada
se veía.

—¡Vamos! —exclamó Cloti.

—¿Adónde?

—Al lago, por supuesto.

Matías tragó saliva. *Glup.* ¿Y si el dragón allí estaba?

Acercó el ojo de la supercámara fotográfica al suyo y lanzó una ráfaga de flases intentando captar su imagen desde lejos…, suponiendo que se tratara del dragón, y suponiendo que la cámara lograra captarlo bajo la niebla.

Bajaron corriendo al lago, y un nuevo rugido procedente del centro del agua les hizo estremecer.

—¡Algo se mueve! Y ese alarido en la niebla… ¡Es sobrecogedor! —Matías siguió haciendo fotos.

—¡Vamos! ¡Al embarcadero! —exclamó Cloti.

—¿Pretendes que nos lancemos al agua en una barca? Podría resultar peligroso.

—Si el dragón está en el lago,
¿qué mejor ocasión para descubrirlo de
una vez?

—¿Y meternos en sus fauces?

Antes de que Matías se diera cuenta,
ya estaban en la barca remando lago
adentro entre la bruma. Se oyó un nuevo
rugido, y algo revolvió las aguas
levantando una gran ola que zarandeó
la barca.

—¡Cuidado, Matías!
¡Ay, mi sombrero!

¡Deja el sombrero!
¡Te vas a caer de la barca!

Al cabo de un momento, el estruendo desapareció y las aguas quedaron quietas. Cloti no había dejado de observar por los prismáticos, pero el cristal empañado por la niebla hacía imposible vislumbrar qué había ocasionado el rugido y la ola en el centro del lago.

De pronto, un grito. Después, un extraño silencio.

—¿Hay alguien ahí? –preguntó Cloti.

Nadie respondió. Solo un silencio siniestro… Un barco de vela pasó ante ellos entre la bruma.

—¡Eh! ¡Los del barco…! –gritó Cloti–. Parece abandonado.

—*Tic, tic, tic* –tembló de miedo Matías–. Pata, pata. Pata de lata, dame suerte hasta mañana. *Tic, tic, tic* –rechinaron sus dientes.

—Pareces un pequeñajo –le riñó Cloti.

—Es que de pequeño me daban miedo los barcos abandonados –se justificó Matías.

Y volvieron a rechinarle los dientes.

—Es un barco deportivo –dedujo Cloti–.
En la vela aparece: "Regata de Villa Justina".
Y un número: el trece. Alguien se estaba
entrenando para la regata y algo sucedió.

—Vio al dragón y salió corriendo
–sugirió Matías.

—¿Corriendo sobre las aguas? Tendría
que haber sido nadando. Y... No sé, la verdad.

—O el dragón se lo ha tragado.

—Los dragones no se tragan a la gente:
recuerda la información de Enriqueta...
¿O acaso se lo ha tragado?

—Ay, Cloti, no me asustes, que me
da miedo.

Los dientes de Matías rechinaron por
tercera vez, a pesar de lo cual, apuntó con
la cámara fotográfica a todas partes e hizo
nuevas fotos.

La bruma empezaba a levantar, y en
el lago no se veía nada extraño, solo el agua
irisada por una pequeña brisa.

—Iremos al Club Náutico de
Villa Justina y preguntaremos por el
tripulante de la barca, el número trece
–decidió Cloti–. Si lo encontramos,
es que el dragón no se lo ha tragado y nos
quedaremos tranquilos. Le preguntaremos
qué hace una barca deportiva abandonada
en medio del lago. Su respuesta será
interesante.

Una aldea fantasma

Antes de dirigirse a Villa Justina, única aldea dentro del Triángulo de los Asustados, se tomaron un buen desayuno. Quedaba a varios kilómetros, y debían ir preparados para la caminata.

—¿Estás listo, Matías? –le preguntó Cloti.

—Enseguida –respondió.

Se encontraba en la tienda-laboratorio guardando la tarjeta de memoria de la cámara digital con las fotos del lago. Estaba muy llena, y temía que se acabara en pleno trabajo. La guardó en el cajón de un pequeño mueble campestre y salió, cámara y prismáticos al cuello, dispuesto a buscar al tripulante del barco fantasma.

—Cuando regresemos, imprimiré las fotografías –comentó.

Quizás la supercámara había logrado captar al dragón.

Al cabo del rato caminando por el bosque, Cloti se detuvo sudorosa. El sol apretaba, y era muy molesto ir sin el sombrero. Matías le ofreció su gorra, que ella rechazó. El sol caía para los dos y él también la necesitaba.

Sacó un pañuelo de la mochila y se lo puso en la cabeza.

—En Villa Rufina me compraré un sombrero nuevo –dijo.

—Y yo un cinturón –añadió Matías–. Desde que investigamos este caso, con tantas caminatas, subiendo y bajando montañas, me estoy quedando más chupado que un pirulí. Los pantalones se me caen; si esto sigue así, voy a quedarme en gayumbos.

Continuaron caminando, y Cloti habló de nuevo:

—En Villa Rufina hacen un pan de trigo muy rico y tierno. Me encantaría probarlo. ¡Me está entrando un hambre de tanto andar…!

—Cuando yo era explorador e íbamos de excursión, cantábamos canciones –dijo Matías.

Y empezó a cantar:

—Un-dos, un-dos, vamos de excursión. Dos-tres, me duele un pie.

—¡Qué horror! –protestó Cloti–. ¿No tienes algo mejor? Además, no vamos de excursión. Me preocupa el tripulante desaparecido. ¿Qué habrá sido de él? Démonos prisa. Tengo la sensación de que algo muy interesante nos espera en Villa Rufina.

Apretaron el paso y caminaron hasta Villa Rufina sin imaginar que, lejos de dar con el tripulante del barco, lo que encontrarían sería una aldea fantasma.

Las calles estaban desiertas, no se veía a nadie por ningún lado. El bar cerrado, las tiendas vacías… Una flecha indicaba: CLUB POLIDEPORTIVO. Siguieron la indicación, y llegaron al club.

—¡Eh! ¡Hay alguien en el club! –gritaron.

Nadie respondió.

—Pues sí que… –ronroneó Cloti.

—Entremos a echar un vistazo, la ventana está abierta –sugirió Matías.

Dentro tampoco había nadie. Recorrieron las pistas de tenis, de atletismo, el gimnasio… Nadie por ningún lado.

Miraron los libros de registro de las regatas. El número trece del tripulante desaparecido correspondía a un pollo adolescente llamado Gregorio, al que todos llamaban Gregor, como constaba en la lista.

—Tenemos el nombre, pero ¿a quién le preguntaremos si la aldea está vacía? –se lamentó Cloti.

Matías miraba a lo lejos por los prismáticos.

—Veo a alguien tumbado en una hamaca en la puerta de una casa.

—¿En serio?

Un zorro viejo y peludo se encontraba en una hamaca en la puerta de su casa.

—Buenas tardes –lo saludaron cuando llegaron hasta él–. Parece que todos se han ido de la villa…

—Casi todos –puntualizó el viejo–. Yo no me he ido, estoy aquí. Y la pata Paca, la bordadora, tampoco se ha ido. Los demás

se han marchado asustados por el dragón.
Hace dos días lanzó una llamarada y ardieron
los tejados de algunas casas. Lo vi con mis
propios ojos.

—¿Vio al dragón? –exclamó Cloti.

—No, señora, vi las llamaradas...

—Señorita –matizó Matías, que
alucinaba en colores. Así que el dragón
también había visitado la población–.
¿Dónde se encontraba usted cuando vio las
llamaradas? –le preguntó.

—Como soy de la tercera edad, no estoy
para muchos trotes –respondió el zorro–.
Me paso las tardes aquí. Y las mañanas. Estaba
dormido. Oí un grito, abrí un ojo y luego el
otro, y al final de la calle vi una llamarada.
La gente salió de las casas y empezó a correr.
Habíamos oído hablar del dragón, y en ese
momento estaba en la aldea.

—¿Usted no se va? –le preguntó Cloti.

—Soy zorro viejo, no me asusto
fácilmente. Nadie va a echarme de mi casa,
ni siquiera un dragón.

—¿Qué nos puede decir de un joven llamado Gregor? Tenía una embarcación y estaba inscrito para las regatas del lago.

—Ah, sí, Gregor –dijo el zorro–. Esta es una villa pequeña donde todos nos conocemos. La barca se la compró su padre porque el chico es aficionado a las regatas.

—¿Sabe dónde está?

—Ni idea –dijo el zorro–. A la única que he visto pasar es a la bordadora; su taller está a la vuelta de la esquina.

Los detectives le agradecieron la información, y echaron un vistazo a los tejados quemados.

Habían ardido en línea recta, haciendo un ensanche en el centro, punto en el que el fuego había destruido las casas en mayor medida.

El tipo de llamarada coincidía con las del bosque. Y tampoco el fuego se había extendido. No cabía duda de que se trataba del dragón.

Buscaron el taller de la bordadora, y la encontraron bordando con su familia. No se habían ido porque tenía una pata escayolada y eso le había impedido salir corriendo. Pero se había asustado tanto como los demás.

En cuanto al joven Gregor, no sabían nada de él.

—¡Pues sí que estamos buenos! –ronroneó Cloti.

No habían logrado averiguar el paradero del tripulante desaparecido. Y… ¡menuda sorpresa al saber que en la aldea había estado el dragón!

Bueno. Al menos habían adquirido un sombrero nuevo y un cinturón. Aunque en las tiendas no había nadie, dejaron el dinero sobre el mostrador, como correspondía.

Comieron lo que llevaban en la mochila. Y, sin haber probado el pan rico y tierno de Villa Rufina, regresaron al campamento, donde les esperaba una sorpresa mayor.

Sorpresa en el campamento

Al llegar al campamento, nada hacía sospechar que algo grave había sucedido en su ausencia. Aunque, antes de darse cuenta, recibirían una visita. Mejor dicho, dos.

Era media tarde, y estaban cansados por los kilómetros recorridos de ida y vuelta a Villa Rufina; mas, lejos de tomarse un respiro, Cloti pidió a Matías que se sentara bajo la lona de su tienda para analizar la situación.

—Veamos –empezó–: un supuesto dragón sólo quema árboles en el Triángulo de los Asustados, incluida la villa que se encuentra dentro. ¿Qué significa?

—Que al dragón no le interesa más que esta zona del bosque.

—Exacto. Creo que acabas de dar con la clave del misterio. No es posible que un dragón haya despertado de pronto, para vengarse por lo que le hicieron en el pasado. Si así fuera, quemaría cualquier parte del bosque. Tiene que haber una razón por la que solo lance sus llamaradas en esta zona.

Matías se preguntó por qué al dragón solo le interesaría aquella zona del bosque. Averiguar eso le parecía más difícil incluso que atrapar al propio dragón.

Y se presentó la primera visita inesperada. ¡Oh, no! ¡El deportista musculitos! "¡Qué fastidio!", pensó. Cloti, en cambio, lo miró encantada. El tipo era realmente guapetón.

—Me llamo Manolo –se presentó el recién llegado.

"Manolito *Musculitos*", se dijo Matías. Y la verdad es que… ¡menudos músculos tenía! Dobló su brazo para comprobar cómo estaban los suyos, y apenas le sobresalió una pelotilla, nada. Estaba hecho una birria. Cuando regresaran a Villa Cornelia se pondría a levantar pesas en el gimnasio de Gunila.

—Estaba subiendo la montaña –dijo Musculitos–, he visto el campamento por los prismáticos y me he dicho: "¡Gente en el bosque! ¡Qué bien! Voy a hacerles una visita". Y aquí estoy.

Cloti se dio a conocer como detective, le presentó a su ayudante, y le ofreció un zumo de cerezas que el musculitos aceptó.

—Esta detective está bastante bien de tipo –dijo cuando Cloti se alejó para preparar el zumo.

—Anda, sigue hablando, no te cortes ni un pelín –ronroneó Matías.

—Sus plumas parecen suaves, sus curvas proporcionadas, y tiene un pico superatractivo. La gallina es molongui, molongui, no se puede pedir más. Pues bien, esta gallina caerá rendida a mis pies.

—Echa el freno, Magdaleno –se alteró
un poco Matías–. ¿Quién te crees que eres?
¿Un fanfarrón? Te presentas en nuestro
campamento y empiezas a hablar
en ese tono. ¿Y tu educación?
¿Es que no has ido al cole de pequeñito?
Cloti no caerá rendida a tus pies,
yo lo impediré.

—¿Me estás vacilando, tío?
No me asusta un conejo esmirriado como tú.

—No te pases –dijo Matías–.
¿A que te doy un sopapo?
No te digo con
el musculitos…

—No pelearé delante de la dama —replicó este.

Cloti salía de la tienda con una bandeja y tres zumos, y se dirigía hacia ellos.

—Será mejor que te marches –dijo Matías por lo bajinis–. Vamos, piérdete, ahueca, esfúmate, desaparece. ¿Captas lo que digo?

Musculitos lo había captado, pero no se iba.

—Ahora mismo pienso tomarme el zumo –replicó.

Cloti dejó la bandeja sobre la mesa campestre que habían colocado en el exterior, y se dispusieron a tomar el rico brebaje.

A Matías la situación le parecía increíble. Aquel tipo, el tono, sus modales… ¿Qué hacía allí de pronto enamorando a Cloti? Abriría bien los ojos, no se fiaba ni medio pelo.

Presumió de las montañas que era capaz de escalar, de la altura a la que era capaz de subir y de otras cuantas fanfarronadas, mientras Cloti lo miraba con una sonrisita que a su ayudante le dejaba la moral por los suelos. Solo le faltaba que se enamorara de aquel troglodita muscular. Pues bien: había llegado el momento de formularle algunas preguntas.

—¿Has visto al dragón? Como subes y bajas tanto la montaña, me pregunto si lo habrás visto –le hizo la primera.

—Yo no lo he visto –respondió el deportista–. Pero otros, sí.

—¿No te da miedo la montaña con un dragón suelto por ahí?

—No soy miedoso, eso lo dejo para otros –miró a Matías, que no se dio por aludido y prosiguió con el interrogatorio:

—¿Dónde acampas? ¿Te has instalado en una tienda de campaña como nosotros? ¿O regresas todos los días a Villa Cornelia?

—¿Me estás interrogando? –protestó el musculitos–. Unos días regreso y otros no. Bueno, he de irme.

Besó la mano de Cloti, y se marchó. Matías se habría sentido feliz al verlo alejarse, de no ser porque Cloti dijo:

—¡Jo! ¡Qué músculos! ¡Son de flipar!

—¡Basta, Cloti! —se enfadó esta vez Matías—. La gallina más trepidante del planeta, rendida a los pies de ese fanfarrón.

—¿De qué estás hablando? —se sorprendió ella.

—De nada, de nada. Imprimiré las fotos del lago: yo no olvido que tenemos trabajo.

Entró en la tienda-laboratorio, y no tardó en lanzar un grito:

—¡Han robado la tarjeta de memoria de la cámara de fotos! ¡La tarjeta con las fotografías que hicimos en el lago! Ha sido el musculitos, estoy seguro. El troglodita musculitos se la ha llevado.

—¡Eh! ¿Cómo?

La detective entró en la tienda-laboratorio, y la conversación con su ayudante empezó a subir de tono. Para Matías el ladrón había sido el musculitos, y Cloti no compartía esa opinión. ¿Para qué iba a robar un deportista la tarjeta de memoria de una cámara fotográfica?

—Quizás necesitaba una para fotografiar las montañas y no sabía que esta era nuestra –sugirió Matías.

—¡Qué absurdo! Dijo que iba a Villa Cornelia todos los días; si necesitara una de esas tarjetas, la compraría.

—A lo mejor está metido hasta el cuello en el asunto del dragón: temía que mi supercámara hubiera captado su imagen y por eso se la llevó –sugirió de nuevo Matías.

—Desvarías –replicó Cloti–. Estás acusando a alguien de algo muy gordo. Y sin pruebas.

Eso era verdad, Matías no tenía pruebas. Pero la jefa no era capaz de abrir bien los ojos para no culpar al musculitos. ¿Quién podía habérsela llevado sino él? No había nadie más en el bosque. La robó, los vio llegar, se escondió, y salió para saludarles y despistar.

—... Algo así debió de ocurrir, –le comunicó a Cloti.

—¡Déjate de gaitas, Matías! –se limitó a exclamar esta.

Y se presentó la segunda visita inesperada.

Exploradores

—¿Es este el campamento de la detective y su ayudante? –se oyó una voz en el exterior.

Dos pollos exploradores muy jovencitos querían hablar con ellos.

—¿Otra visita? Esto parece la ONU –comentó Cloti asomando la cabeza por la tienda-laboratorio–. ¿Cómo sabíais que estábamos aquí?

—Al albergue ha llegado un nuevo grupo de peques de Villa Cornelia, y nos han informado –respondió uno de los jóvenes–. Como somos exploradores, hemos explorado el bosque y hemos encontrado el campamento. Uno de los pequeños ha visto al dragón, y hemos pensado que os interesaría saberlo.

—Nos interesa –dijo Cloti–. Nos gustaría hablar con él.

—Con *ella*. Se llama Elsi y está asustada, por eso no ha venido. Podéis hablar con ella en el albergue, nosotros regresamos allí.

Lo que menos le apetecía a Matías era ponerse de nuevo en camino. De buena gana se habría tumbado bajo un árbol con el DVD de una buena ópera. Sin embargo, se colocó la mochila a la espalda y partieron otra vez.

Llegaron al albergue casi a la hora de la cena. Una joven gallina exploradora, con pantalones cortos, cinturón y pañuelo al cuello, como todos vestían por allí, les abrió la puerta. Ella misma los acompañó a un dormitorio lleno de literas vacías, excepto por la que ocupaba la pequeña pata Elsi, a quien una monitora, una gata marrón con los bigotes pintados de rojo, le ofrecía un refresco con pajita.

Cloti se sentó a los pies de la cama:

—¿Eres tú quien ha visto al dragón?

La pequeña no dijo nada. Se tapó con las sábanas hasta los ojos, temblando de miedo.

—Tranquila. Solo queremos saber qué pasó. Investigamos el caso y tu información nos vendría bien. ¿Cómo sabes que era un dragón?

—Lo vi, tenía los ojos de fuego –dijo Elsi–. ¡Ay, qué miedo! ¡Qué miedo!

—¿Qué significa eso de "ojos de fuego"? –preguntó Matías. Cuéntanos qué pasó.

La pequeña les contó.

Un grupo de exploradores había subido una montaña por un camino muy bonito, y llegaron a la cumbre. Todos miraban el paisaje; ella se dio la vuelta y vio un resplandor.

—¿El dragón? –preguntó Matías.

—Sí. Era verde y dorado, y tenía los ojos como el fuego. "¡Ay, que miedo!", grité.

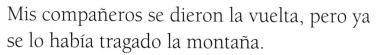

Mis compañeros se dieron la vuelta, pero ya se lo había tragado la montaña.

—Así que se lo tragó una montaña –ronroneó Cloti–. Alrededor del lago hay varias. ¿Recuerdas cuál se lo tragó?

—La del Pico Negro, nosotros estábamos al lado.

—Atraparemos al dragón, te lo prometo –le aseguró Cloti.

Tras la conversación con Elsi, los monitores invitaron a los detectives a cenar y a quedarse a dormir en el albergue;

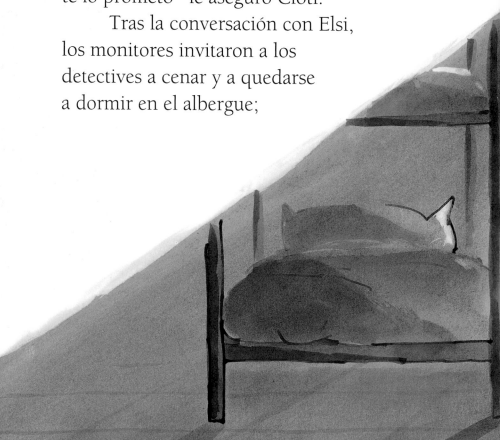

era mejor que regresar
de noche al
campamento.

Cenaron con los exploradores, que comían con apetito y hablaban sin cesar.

Y con los monitores, que, preocupados por el dragón, dudaban si regresar a Villa Cornelia o seguir en el albergue.

Cloti les aconsejó que no se marcharan. Si lo hacían, el dragón conseguiría lo que, al parecer, se había propuesto: echar a todo el mundo de aquella zona del bosque. La conversación con Elsi había sido de gran ayuda. Estaba segura de haber avanzado en la investigación, pronto resolverían aquel extraño asunto.

También les aconsejó no hacer fuego de campamento, ni cantar canciones, para así no atraer su atención. Lo habían visto en la montaña del Pico Negro: eso quedaba lejos, pero nunca se sabía…

Y llegó la hora de dormir. Parecía una noche tranquila… para todos menos para Matías, que, al meterse en la cama… *¡Catacrás!* Le habían preparado una bromita. Habían retirado el colchón y en su lugar le había colocado un cubo de agua. Al tumbarse, Matías se puso perdido. ¡Y el susto que se llevó!

Cuando era explorador, le parecía divertido gastar esas bromas a todo el mundo. Ahora, en cambio… ¡Córcholis! ¡Se había quedado hecho una sopa!

—¡Estos pequeñuelos son unos desconsiderados! –exclamó mientras todos reían en las literas de alrededor.

Al fin todo se calmó. A Matías se le caían los párpados de sueño, y lo mismo a Cloti en el dormitorio de las exploradoras. Se durmieron, pero al cabo de unas horas… De pronto, en mitad de la noche un grito espantoso los despertó.

—¡Aaaaaaaaaaah!

Matías se levantó de un brinco y corrió hacia el fondo del dormitorio, de donde procedía el grito. Miró por la ventana, pero solo vio oscuridad.

—¿Quién ha gritado?

—Yo –dijo un conejo de unos ocho años–. He visto al dragón: su cara estaba pegada a la ventana. ¡Lo he visto, lo he visto! Me ha mirado. Tenía una boca tan grande que nos podría tragar a todos.

—Así que tenía la cara pegada a la ventana… –ronroneó Cloti, que, al oír el grito, había acudido al dormitorio de al lado.

Cloti y Matías echaron un vistazo por los alrededores del albergue con las linternas encendidas, pero no hallaron ningún rastro de luz, ninguna llamarada.

—Se ha evaporado –comentó Matías.

—Analicemos la situación –dijo Cloti–. Punto UNO: el dragón asusta a los exploradores en la montaña y luego se presenta aquí para asustarlos de nuevo. ¿Qué pretende?

—Que abandonen el bosque cuanto antes.

—Parece que tiene prisa para que todos abandonen esta zona del bosque, y no duda en asustar dos veces a los mismos excursionistas. Estoy segura de que, esta vez, los monitores no dudarán y regresarán a la villa. Punto DOS: Elsi dijo que se lo había "tragado" la montaña.

—Eso no me lo creo –comentó Matías.

—Yo tampoco, pero desapareció de la vista. ¿No? Quizás se ocultó; quizás la montaña del Pico Negro es su escondite. ¿No se trataba de un antiguo volcán?

—Afirmativo. También es la montaña donde practica rápel el deportista musculitos. ¿No te parece demasiada casualidad? En ese volcán hay dragón encerrado –dijo Matías–. Y, a lo mejor, *Musculitos* encerrado.

—Debe de existir un cráter, un lugar donde ocultarse –dijo Cloti sin pensar en el musculitos por el momento.

—¿No estarás ideando ir a la montaña en plena noche? –exclamó Matías.

—¿Por qué no? Queda lejos, y así llegaremos al amanecer.

¡Córcholis! ¡Recórcholis! ¡requetecórcholis! A Matías le apetecía dormir, no darse una nueva caminata. ¡Y él que creía que aquella investigación resultaría la mar de cómoda!

En la gruta del dragón

Cruzaron el Triángulo de los Asustados en plena noche, con las mochilas al hombro y las linternas encendidas, desde el albergue de los exploradores hasta la montaña del Pico Negro.

Por suerte, era verano y no llovía, ni hacía frío, ni había vientos huracanados, pensaba Matías.

Llegaron al amanecer, según lo previsto. La neblina cubría el lago y el ambiente era todavía muy gris. Inspeccionaron el lugar: una cuerda colgaba desde lo alto de la montaña. El deportista musculitos subía y bajaba tanto por esta montaña, que no se molesta en recoger la cuerda. Ellos la aprovecharían para subir.

Cloti nunca había subido rapelando por una montaña.

—Yo, sí. En mis tiempos de explorador –sonrió Matías–. Tú agárrate a la cuerda detrás de mí.

Tiró para comprobar que estaba bien sujeta, y empezó a subir por ella dirigiendo los movimientos de Cloti, que iba detrás. Una vez en la cumbre, ni rastro del dragón.

Había un cráter, en efecto; y, en el centro, un agujero daba paso a una galería subterránea. La recorrieron alumbrándose con las linternas hasta una estrecha rampa.

—Eso parece un túnel —comentó Cloti—. Sigamos.

—Más bien, un tobogán —puntualizó Matías—. No pretenderás que nos lancemos por ahí. ¿Y si abajo está el dragón con la boca abierta? ¿Y si nos zampa?

—Calla. Pareces un conejo asustado.

Cloti le dio un empujón y lo lanzó por el tobogán, lanzándose ella detrás.

—No soy un conejo asustado. Soy un conejo ¡aterrorizadoooooo! —gritaba su ayudante bajando a toda velocidad.

La rampa acababa en una amplia explanada, a la que los dos llegaron bastante mareados.

—¡Uf! ¡Qué vértigo! –¡*Choc!*,
chocaron el uno con el otro–. ¡Eeeeh!
¿Qué es eso?

Una gran lona ocultaba algo.
La levantaron y…

—¡El dragón! –exclamaron a un
tiempo.

Un gran dragón parecía dormido.
Era de color verde y dorado; tenía grandes
patas, sobre las que mantenía echada
la cabeza con los ojos cerrados, y una larga
cola dentada.

—¡Ay qué miedo si despierta! –exclamó
Matías.

—¿No te parece raro que
duerma bajo una lona? ¡Chist! Alguien
viene.

Lo cubrieron con la lona y corrieron a
esconderse tras unas rocas del volcán. Alguien
se acercaba; los pasos se oían cada vez más
próximos.

—¡Oh, no! –exclamó Cloti al ver al
individuo que entraba en la explanada

por un pasadizo–. ¡El deportista musculitos!
¡Es él!

—Ya decía yo que no me daba muy
buena espina –ronroneó Matías.

El recién llegado manipuló
un mando, y el dragón se movió bajo
la lona.

—¡Aaaay! ¡Que se mueve! –exclamó
Matías por lo bajinis.

Aunque estaban escondidos,
la distancia a la que se encontraban
no era tan grande como para
resguardarlos del fuego, si es que
al dragón se le ocurría lanzar una
llamarada.

La lona cayó hacia atrás y apareció
el poderoso dragón. Lanzó un rugido;
un estruendo. Abrió sus ojos de fuego,
y, por primera vez, los detectives
contemplaron de cerca su mirada aterradora.
Se quedaron paralizados… Matías logró
reaccionar y pudo hacer algunas
fotografías.

—¡Es de metal! ¡Un dragón robótico de metal! ¡Qué alucine!

Clic. Clic. Le dio a la cámara, a la que había quitado el flas para no ser descubiertos.

—Te pido perdón, Matías –se lamentó Cloti–. Me dejé impresionar por su aspecto, y no sospeché que podía ser el ladrón de la tarjeta de memoria. Es que sus musculitos me habían dejado obnubilada. Lo siento de verdad.

El supuesto deportista habló con el dragón en voz alta, como si este lo pudiera entender:

—Ya estás programado. Hoy lanzarás una llamarada en el embarcadero. Se acabaron los excursionistas en esta zona del bosque. ¡Menudo negocio nos vamos a montar! Lo estás haciendo bien, pero que muy bien, dragoncito lindo. Cuando le cuente a Turbón que los exploradores están asustados, se pondrá muy contento. Eran los últimos que quedaban; esta noche se lo contaré en su oficina.

Al cabo de un momento, el dragón y su acompañante habían desaparecido.

—¡Ha hablado de Turbón y de un suculento negocio! –exclamó Cloti.

—Turbón, Turbón… –Matías quedó pensativo–. Ah, sí. Turbón, el presidente del gremio de hosteleros que conocimos en el despacho del alcalde. ¡Chist! Callemos, he oído algo.

Muy cerca de ellos, tras una roca…

—¿Eeeeh? ¿Quién anda ahí?

Alguien tirado en el suelo, atado de pies y manos, con la boca tapada, intentaba llamar su atención…
Era un chico joven. Le quitaron las cuerdas y…

—¿Quiénes sois vosotros? –preguntó.

—La detective Cloti y su ayudante. ¿Y tú? ¿No te llamarás Gregor, por casualidad?

—Me llamo Gregor –respondió–. Estaba en el lago con mi barca, cuando vi a ese tipo dándole órdenes al dragón. Lo malo es que él también me vio a mí. Me atrapó y me trajo hasta aquí.

—Claro –dijo Cloti–. No podía permitir que le contaras a nadie lo que habías visto: un dragón-robot, y a él dándole órdenes. Regresemos al exterior.

Como musculitos había programado una llamarada en el embarcadero, allí se dirigieron los tres. El humo y el olor a quemado no tardaron en llegar hasta ellos.

Cloti miró por los prismáticos. En el embarcadero no había nadie y todo estaba quemado. Un cartel se mantenía apenas de pie:

> **CERRADO**
> POR VOLUNTAD
> PROPIA

Seguro que el encargado había
salido corriendo, asustado al contemplar
al poderoso dragón.

—Me pregunto qué clase de negocio
se traerá entre manos Turbón con ese
supuesto deportista musculitos –comentó
Matías–. Dijo que esta noche lo vería en su
oficina. Todo esto es muy sospechoso.

Estaban cerca de la verdad,
pensó Cloti. El siguiente paso sería
esperar frente a la oficina
de Turbón hasta que
el cómplice
apareciera.

Recorrieron un tramo del bosque hasta llegar al lugar donde habían dejado el Smart y pusieron rumbo a Villa Cornelia. Camuflaron el coche frente al edificio de las oficinas de Turbón y se dispusieron a esperar a que el musculitos entrara para reunirse con él. Pero primero llamaron al alcalde y le informaron de lo sucedido.

El sospechoso se presentó a las diez. Miró a uno y otro lado para comprobar que nadie lo seguía y entró en el edificio.

Los detectives y el joven Gregor esperaron unos minutos, y entraron detrás. Tomaron el ascensor y se las ingeniaron para abrir la puerta y colarse en la oficina. Las luces estaban apagadas y no quedaba ningún empleado por allí. Solo Turbón y el cómplice hablaban en su despacho.

—Esta es la maqueta de la urbanización que construiremos en el

bosque. Serán casas muy caras. ¡Nos vamos
a forrar!

Musculitos lanzó una risotada.

—La idea del dragón ha sido
genial. Ahora todos tienen miedo, y con los
pequeños incendios por aquí y por allá,
al alcalde no le quedará más remedio que
declarar toda esta área zona catastrófica.
Y entonces…

Turbón preparó dos vasos de zumo
de trigo concentrado para brindar.

—… le presentaré nuestro plan de
construcción para aprovechar el terreno
quemado, y lo convenceré para que lo
firme, je, je…

—¿Estás seguro de que lo convencerás?
Es un alcalde muy tozudo –dijo Musculitos.

—Lo convenceré –aseguró
Turbón–. Los métodos de nuestros
socios son contundentes. Si hace falta
retorcerle el pescuezo a alguien,
se lo retorceremos. Ganaremos mucho
dinero.

—Sí, sí. Nos forraremos —se frotaba las manos el otro.

—Ahora todos creen que en el bosque existe un malvado dragón. ¡Qué listos somos!, je, je, je —levantó su vaso para brindar.

—No tan listos, amiguitos —empujó Cloti la puerta del despacho—. El bosque nos pertenece a todos. ¡Bribones! Recibiréis vuestro castigo por destruirlo con llamaradas y asustar a todo el mundo pensando solamente en vuestro provecho.

—¡Eeeh! Pero…

Turbón se sorprendió tanto al ver a Cloti, Matías, y al joven Gregor, que no acertaba a articular palabra.

—¿No me has dicho que no te había seguido nadie? —se enfadó con Musculitos.

—No sé de dónde han salido estos —replicó el fanfarrón—. Pero, tranquilo, no tienen pruebas. Les quité la tarjeta de

memoria con las fotos que habían hecho
en el lago.

—Tenemos más fotos; te hemos visto
en la gruta –le informó Cloti–. Y el joven
Gregor te vio en el lago. Los tres declararemos
ante el juez.

Alguien entró en el despacho muy
oportunamente, con un montón de guardias
en tropel.

—¡Señor Alcalde! –exclamó Cloti.

El alcalde se dirigió a Turbón:

—¡Qué vergüenza! Y yo que
le creía un hombre honrado. Es usted
la vergüenza del gremio de hosteleros,
y la vergüenza de Villa Cornelia.
No tenía suficiente con su cadena de
hoteles, quería más. ¡Tramposos! ¡Abusones!
¡Delincuentes! Recuperaremos el bosque
del daño causado por el dragón-robot.
Me avergüenzo de vosotros. ¡Hala! ¡Hala!
Con ellos a chirona, y que confiesen
quiénes son sus socios, que el juez les dará
para el pelo.

—¡Así se habla, Señor Alcalde! –lo felicitó Cloti.

—Calla, hija, que me mareo. Ya estoy mayor para estas emociones. Rápido, Bermúdez, al ayuntamiento; quiero sentarme en mi sillón, a ver si se me pasa el malestar.

—Señor Alcalde –le preguntó Matías–. Esto…, ¿qué hará con el robótico dragón?

El robótico dragón

Cloti y Matías estaban tan cansados, que tardaron varios días en regresar al bosque para desmontar el campamento.

Antes, observaron el paisaje por los prismáticos. Era tan bonito, que habría sido una pena perderlo. Los árboles quemados tardarían un tiempo en recuperarse, pero ya todos conocían lo sucedido y los excursionistas no se asustaban de volver allí.

Por suerte, no habían quemado demasiado bosque. En parte, para imitar las llamaradas de un dragón; y en parte, porque, en una urbanización en medio de un bonito bosque, las casas habrían sido más caras y les habrían dejado más dinero.

En cuanto al robótico dragón, al alcalde
se le había ocurrido una idea estupenda.
Ordenó que lo instalaran en la plaza más
importante de la villa para que nadie
olvidara lo sucedido. Eso, sí, pasando
antes por las manos de un especialista,
que cambió su mirada aterradora
por una simpática, y puso entre
sus cuernecillos la estrella
de la bondad.

—¡Qué requetechuliguay!
–exclamó Matías
al saberlo.

La idea había encantado a todos, especialmente a los peques que se subían en él, le daban a un botón y movían sus alas, sus patas, su cola, la cabeza… como una escultura móvil. Y se lo pasaban divertido.

—El alcalde ha vuelto a salvar el bosque —comentó Cloti—. Todo el mundo volverá a votarle.

—Así se habla —dijo Matías—. Con ese pico…

—No empecemos, ¿eh?

—¡Es que estoy tan enamorado, que mi corazón palpita como una papa…!

—Y tu cabeza piensa como una ensaimada. Anda, démonos prisa, hay que desmontar las tiendas.

Cloti ayudó a desmontar pensando que el bosque era realmente hermoso. Ella y Matías sentían una sensación muy especial porque habían ayudado a salvarlo.

A partir de aquel momento, lo visitarían con más frecuencia. Y si alguna vez se encontraban con un dragón bondadoso…, ¡pues encantados de la vida!

COLECCIÓN LIBROSAURIO

A partir de 8 años

UN PERRO LLAMADO DANEL

- Te lo cuenta y lo ilustra:
Mikel Valverde

Danel tiene ocho años y se ha convertido en perro justo antes de un partido de fútbol. Solo sus amigos sabrán cómo ayudarlo.

VIOLETA NO ES VIOLETA

- Te lo cuenta:
Xosé A. Neira Cruz
- Lo ilustra:
Judit Morales

Violeta busca un nombre para su futuro hermano, y está muy preocupada porque no sabe cómo será.

PINGORETA Y EL TIEMPO

- Te lo cuenta:
Roberto Aliaga
- Lo ilustra:
Mónica Gutiérrez Serna

Pingoreta no tiene tiempo de nada, ¿Cómo va a tenerlo, si pasa mucho tiempo en su búsqueda?

LA DOBLE VIDA DE LAS COSAS

- Te lo cuenta:
Jesús Carazo
- Lo ilustra:
Mónica Gutiérrez Serna

¿Dónde va a parar ese botón que perdemos por la calle o el lápiz mordisqueado y todo chupado? Un libro entre lo real y lo fantástico.

EL MISTERIO DE LOS HUEVOS DE ORO

- Te lo cuenta:
Luisa Villar
- Lo ilustra:
Emilio Urberuaga

Villa Cornelia es un lugar apacible y seguro para las gallinas. Hasta que un día una de ellas se da cuenta de que alguien ha reemplazado uno de los huevos que estaba empollando por otro huevo... pero de oro.

EL MISTERIO DE LA MOMIA LOCATIS

- Te lo cuenta:
Luisa Villar
- Lo ilustra:
Emilio Urberuaga

En el castillo del conde Bruno ha aparecido una momia; pero la gran noticia es que desaparece de vez en cuando. Cloti, la gallina detective, intenta resolver este divertido y enorme misterio.